푸른사상 시선 150

가슴을 재다

푸른사상 시선 150

가슴을 재다

인쇄 · 2021년 11월 2일 | 발행 · 2021년 11월 10일

지은이 · 박설희
펴낸이 · 한봉숙
펴낸곳 · 푸른사상사

주간 · 맹문재 | 편집 · 지순이, 김수란 | 마케팅 · 김두천
등록 · 1999년 7월 8일 제2-2876호
주소 · 경기도 파주시 회동길 337-16(서패동 470-6) 푸른사상사
대표전화 · 031) 955-9111(2) | 팩시밀리 · 031) 955-9114
이메일 · prun21c@hanmail.net /prunsasang@naver.com
홈페이지 · http://www.prun21c.com

ISBN 979-11-308-1832-0   03810
값 10,000원

푸른사상
시선
150

가슴을 재다

박설희 시집

푸른사상
PRUNSASANG

대지에 깊이 팬 상처들
아물지 않는 가슴들

어둠이 어둠을 삼키는 동안
덩굴처럼 이야기들이 자라나
계속되는 푸른빛

날마다 무언가를 구하는 가난한 하루가
또 시작되고

때때로 배반하지만
여전히
그리운 땅
그리운 사람들

그리고 어머니……

2021년 가을
박설희

| 차례 |

■ 시인의 말

제1부

제2부

제3부

제4부

■ 작품 해설

제1부

부리

바람을 입는다
두 눈에 해를
가슴에 달을 품고

맨 앞에 내세운 부리
끝이 닳아 있거나 금이 가 있거나
그것은 집 짓고 사냥하고 깃털 고른 흔적

그 속에 감추어져 있다
찻잎 같은 혀
그리고 공룡의 포효보다
야무진 침묵

발을 뒤로 모으고
허공을 가로지를 때

앞세운다,
제 존재가 무엇보다 크고 귀중하다 일러주는
따뜻한 부등호

모든 곳에서

조.금.씩.
태어났어요
속초 뚝섬 서호 원천 중국 베트남 등지에서

발자국이 피어날 때마다
날갯짓은 강해졌고
심장과 주먹은 더 튼실해졌답니다

유년의 모래톱은 거칠었고
소도시의 시장에서 적막해졌어요

지금은 깊은 심장들에 정박 중
자그만 자극에도 튀어올랐다 떨어지며
충돌의 그림자 속에서 영글어가요

좌표를 정해 곧 출발할 테지만
낯선 곳에 불시착하게 되리란 걸

이물감과 우연의 연속

색다른 놀이처럼

조금씩 태어날 예정입니다

벽이 온다

밧줄에 의지해 암벽 하나를 간신히 넘어왔는데
또 밧줄이 드리워져 있다

얼마나 가야 하지
얼마나 버틸 수 있을까
벽이 온다
한 손 한 손 되짚어 내려간다
내려갈 힘은 아직 남아 있다고 생각되었을 때

절벽에 서 있는 소나무, 꺾는 각도가 절묘하다
공중을 더듬으며 길 찾는 목숨들
낭떠러지를 품고 산다
끝이라는 것은
새로운 방식으로 밀어붙여야 한다는 것
씨앗을 잉태하는 것도 그 이유

절벽에 나무들이 자라고 있다
나무마다 절벽이 있다

빛의 화살은 길고 짧아서
목마르게 휘어지는 행로

파르르 떨던 나뭇가지 하나가
방금, 방향을 조금 틀었다

거미박물관

어떻게 알았니, 거미야
너는 속에서 뽑아낸 실을 외부에 내걸지만
나는 내 속에 촘촘히 건단다
어떤 유혹과 갈망이라도 포획할
한 땀 한 땀

속에서 자라는 파닥이는 것들
나비 같고 하루살이 같고 불나방 같은 것들을
스스로 그물을 쳐
잡아먹는 습성
들키지 않으려는 습성

몇 개의 줄을 쳤는지
어떤 바람이 불어 찢겨져 나갔는지
아무도 모른단다

과부거미도 타란툴라도

평생 뜨거운 어둠 속에 웅크리고 있는데

손바닥 위에 거미를 올려놓는다, 그득하다
몸통과 다리에 털이 많아 보드랍고 따스한 것
숨죽이고 있다
내 체온과 혈관 속 피의 흐름을 가늠하는 듯하다
몸속 거미줄을 찾고 있는 듯하다

눈깔사탕 딜레마

학교 파하고 집에 오자
애지중지 기르던 황구가 보이지 않는다
오늘은 장날, 황구를 내다 팔았구나

장마에 둑 무너지듯 눈물이 흘러내리고
엉엉 울다가 생각난 듯이 또 우는데

입 안에 '쏙'
아버지가 넣어준 눈깔사탕

엉겁결에 물고
눈물 그렁그렁 괸 채

악을 쓰며 더 울까 말까 망설이는 사이
달달한 침이 목구멍을 넘어가고

황구 내다 판 돈으로 샀음에 틀림없는

눈깔사탕,

머리로는 내뱉으라 하는데
다디단 침 꼴깍꼴깍 삼키던 입

인생 최초의 딜레마

꽃

산길에서 마주친
꽃 한 송이

먼 허공을 끌고 온 나와
깊은 지층을 끌고 온 꽃이
이렇게 마주치는 건
신조차 몰랐을 일

어쩌면 우리의 뿌리가 같았을 것
발바닥의 실금이 그 증거
갈라지다 만 뿌리가 나를 움직이게 하고
끝내 주저앉게 만든다는

꽃의 귀는 벌의 붕붕 소리에 팔랑이고
내 발은 땅을 오래 믿는다
꽃은 매일매일 다른 얼굴을 내밀고

꽃도 뒤돌아보았을까

뿌리를 거슬러 반추했을까

신열을 앓고 있는
자줏빛 꽃봉오리,
마그마 같은 것

접는 중

접고 접어도
계속 접어야 할 마음이 남아 있으니
절반은 남은 것인가,
접을 수 있는 마음은

구김이 잘 가는 천 같을까
물기를 빨아들이는 종이 같을까
마음은 어떻게 생겼기에
접고 접어야 하는가

'행복하게 잘 살았습니다' 라는
마지막 장을 결코 저버릴 수 없어서

열일곱 살 아들의 뇌종양 증세를 이야기하며 엄마는
마음을 접고 또 접고 계속해서 접어도
끝없다고
숨죽여 말한다

중환자 보호자대기실에서

일 년째 접는 중

호모 케미쿠스

당신에게 플라스틱 반지를 끼워주겠어요
지구와 함께 지속할,
유사 이래 최대 발명품
오죽하면
알바트로스가 새끼에게 플라스틱을 먹이겠어요

플라스틱 사랑,
일회용으로 만들어졌지만
검은 머리가 파뿌리 될 때까지
영원한 사랑을 맹세해요

우리의 사랑도 일회용
30년이나 갈까요?
조형은 물론 가공도 가능할 거예요
녹였다 굳혔다, 색색깔로 바꿔가며
알콩달콩 그렇게 살아요

우리 간 다음에도 오래오래 남아

거북이나 고래 뱃속에서도
사랑을 증명해줄 테지요
자, 이제
색깔과 모양만 정하면 돼요

섬에서의 대화

들어올 때에는 분명히 외길이었던 것 같은데
조금만 움직여도 갈림길이다
지나가던 노인에게 길을 묻는다

이 섬을 나가려면 어느 길로 가야 하지요?
—이 길로 가나 저 길로 가나 다 통하게 돼 있으니 가고
싶은 길로 가소

그렇겠지요 하지만 약속이 있어서 빨리 가야 하는걸요
—어디에서 왔소?
옆 도시에서요
—출발 지점을 묻는 거요
오백 미터 전쯤……
—그럼 출발한 데로 가시오 거기서 다시 시작하시오

농담인가 싶어 얼굴을 들여다본다
흰 눈썹, 동굴 같은 입

이상한 노인이라고 투덜대며

어림잡아 방향을 잡는다
길을 모르니
길 아닌 곳이 없다

출발 지점을 곰곰 되새겨본다
기억도 없는 그곳을

다시 벽이 온다

"밥 먹고 가"
이제 죽을 일만 남았는데 무슨 시를 쓰랴고 마다하던 할
머니,
점심 드신다기에 일어서려는데

옻칠이 군데군데 벗겨진 경로당 밥상에 끼여 앉아
따끈한 흰 냉대 한 술
윤기 나는 서운함 한 술
마음속 찌꺼기 긁어모은 숭늉까지 마시고

"잘 먹었습니다" 문 열고 나서며
통했다는,
내장을 관통했다는 느낌

한 밥상에서 밥을 같이 먹는다는 건
숱한 벽을 만난 사람들이 친해지는 마법

밥을 늘 사주는 처녀가 있어

결혼을 결심했다는 남자를 안다
한 끼의 밥이 평생의 밥이 되었다는
그도 눈에 보이지 않는 벽을
오르락내리락했던 것

다시 벽이 온다
벽을 만나서 절벽이 돼버리기 전에

밥을 먹는다
지금, 여기, 이 사람을 먹고
깊고 서러운
내장을 꾸물꾸물 달린다

대피소에서의 잠

발끝끼리 머리끼리 가지런히 하고 딱딱한 나무 판자 위
일인용 담요에 일생의 길을 끌고 온 몸을 누일 때, 한 걸음
한 걸음 집중하며 끌고 온 시냇물과 벼랑과 오솔길이 같이
눕고

하루치의 전력이 소진된 듯 전등이 꺼지면 씻는 것은 사
치, 한 끼를 먹은 것만도 복에 겨워 그대로 잠을 청할 때 한
땀 한 땀 허공을 기워온 몸이 움찔움찔 코를 고는데 이쪽에
서 잠잠해지면 저쪽에서 화답하며 제법 화음이 어우러져 돌
림노래처럼, 교양과 학력을 내던지고 자는 잠

팔이 닿을 듯 곁에 누워 있던 남자가 갑자기 영어로 잠꼬
대를 한다 이국의 사람들과 세미나라도 하는 중일까 웅얼웅
얼 또 다른 잠꼬대는 어느 먼 우주의 방언일지도…… 커다
란 방귀 소리가 작은 소리들을 제압하는데 어둠보다 더 껌
껌한 그림자 하나 잠에 취해 출입문을 찾느라 뱅뱅 돌고

소음과 열기에 뒤척이다가 더듬더듬 밖으로 나오면 온갖

별들이 환한 얼굴로 내려다보고 그 얼굴들 헤아려보며 별들도 혼숙하는구나 중얼거리다가 잠을 자야 할 텐데 공룡능선, 공룡의 등을 밟으며 오르락내리락 시간을 거슬러 가려면

휴식조차 평등하지 못하다고 투덜대며 다시 눕는데 비상구의 초록 사람이 문을 열고 어딘가로 향한다 대피소에서 또 대피해야 하는 저 사람의 처지, 한 발 내디디면 벼랑일까 지구 밖일까 생각하다가

잠들이 수렴되는 곳은 어디인가 온갖 소음과 뒤척임을 낱낱이 감각하는 내 잠은 어디로 대피했나 길을 잃기 위한 지도 하나 펴들고 헤매고 있을까 궁금해하며

회식

모여서, 나이를 먹는다는 것
피로와 불안과 권태를 나누어 먹고
외로움을 흐트러뜨리겠다는 것

동료라고 불리는 사람들이랑
가까이 앉아 흔들리는 마음을 부딪치고
흥이 나면 비명처럼 노래도 부르고

모여서 바닥을 보자는 것, 끝장을 보자는 것
너 역시 별 볼 일 없고 약한 인간이라는 걸 확인하고는
끝내 적막해질지라도

차려진 식탁 위에서
코 박고 죽을지라도
회, 식을 하고 싶었다

가진 것이 너무 많거나 적은
설운 서른

직업란의 빈칸이 온몸을 옥죄이던 나날

죽,도,록,

회식을 하고 싶었다

돌멩이에게도 입이 있다

— 안점순 할머니

순아, 나를 그렇게 불렀어
순아, 그렇게 부르면 순하게 살 줄 알고
결혼해서 애 낳고 그 애들이 쑥쑥 자라
사랑을 하고 또 아이를 낳고……

열네 살,
내 삶은 멈췄어

신발을 신어도 늘 맨발 같았어
시린 발목으로 견뎌야 했어
묻었어, 오래 묻어두었어
감정들, 이야기들, 말들
무덤 같은 가슴속
싹이 나오기 시작했어
참을 수 없는 가려움증과 함께

뻘건 살을 헤집고 나온 말, 말, 말
잎과 꽃이 피어나고 열매가 달리기 시작했어

그 열매들은 툭툭 터져 씨를 퍼뜨리고

나는 혼자가 아니었어
열셋, 열넷, 열다섯에 멈췄던 삶들이
눈을 뜬 거야
내 탓, 내 부끄러움이 아니라고
다시 살기 시작했어
한둘의 자식 대신에
이 땅의 많은 자식을 얻었어, 손주를 얻었어

함께 노래를 부르기 시작했어
슬프지만 굳센 노래를
세상에, 구순의 내가 팔로 하트를 만들어
"사랑해요"
많은 사람들 앞에서 고백할 줄을
비로소 나는 나를 사랑하게 된 걸까

돌멩이에게도 입이 있어

그 입은 언젠가 열리게 돼 있지
아직도 듣지 못한 말 한마디
나 대신 우리 대신
이 땅의 아이들이
듣게 될 거야, 반드시

내 이름 순이
이제라도 순하게 누려야지
전쟁 없는 나라에서
꽃으로 피어나고 나무로 자라나
새소리 물소리 웃음소리
마음껏 들어야지

오월

혼자 밥을 먹고
한 사람분의 슬픔과 외로움에 잠기지만

일인분의 역사는 없다

때가 되면 중력을 거스르며
힘닿는 데까지 발돋움하는 오월의 꽃들처럼
동네에 들판에
꽃들이 해마다 새로 쓰는 역사처럼

장미꽃에서 찔레꽃으로, 엉겅퀴 꽃으로
쉬지 않고 이어달리며
세상 가득 써나가는
꽃의 역사

점점 증폭된다
푸르게 푸르게, 내달리는 힘으로

휘파람

지구가 내는 소리를 들을 수 있다면
휘파람소리일 거야
마실 나온 청년처럼
설렘과 감탄을 실은 휘파람

내부에 들끓는 마그마를 간직한 채
우주를 산책하는
두근거리는 심장과
경쾌한 발걸음

어두운 곳으로 발을 옮길 때엔,
스스로 힘을 내기 위해 입을 오므렸을 거야

어깨를 으쓱이며
제 속에 품은 것들 다독이며
아무렇지 않다는 듯
머리를 슥슥 문질렀을 거야

가끔씩 가까이 다가오는 별이 있으면
그 별이 내는 소리에 귀 기울였을 거야

공중에 떠 있다는 것
허공에 기대고 있다는 것

단절이라고 생각하지만
끌어당기고 밀어내고
빛을 던져주고
파동을 보내오는
다른 존재들처럼

번개와 천둥을 삼켜 화음을 이루는 비법
어스름한 별들의 숲에서 휘파람 불며
유쾌하게 펄럭이는,

제2부

숙희

몇 년째 드러누워 있는 그가
옆 병상에 병문안 온 소녀를 보고
숙희야, 자그맣게 부른다
볼이 발간 아이가 뒤돌아본다

누가 숙희 좀 불러줘요,
머리카락 날리며 함박웃음으로 달려오는
꼭 다문 입으로 하늘을 쳐다보는

전쟁통에 기억상실증에 걸린 숙희
군인들이 점령한 도시를 배회하던 숙희
먼 섬에 가다 바다에 빠진 숙희……

모든 그리운 것들의 이름
불러도 대답 없는 이들의 대명사

내 딸 숙희
나의 달 숙희

첫물

바람의 언덕에 빗방울 떨어지면
흐르는 방향에 따라
한강 낙동강 오십천으로 나뉘는데

지상에 발 디딘
빗방울의 첫 이름, 첫물

나는 첫물로 이 세상에 왔고
아버지의 아버지들 역시
첫별 첫달
온통 처음으로 둘러싸인 곳에
둥지를 틀었던

빙하 같은,
화산 같은
몸속을 흘러
아이의 아이로 이어지는

첫물의 행렬

바람의 언덕에 바람이 우두두 달려가는 날
하나의 빗방울로 무심히 떨어져
한강 낙동강 오십천, 무리 지은 첫물들이
하나의 큰물로 모여서는
역사라 불리고

그리하여 이 땅에
오늘 또 한 방울의 첫물이 보태지고

한 걸음

생애 첫 걸음을 기억하지 못한다
직립한 채 처음으로 무게를 들어올린
나는 자못 의기양양했을까

한 걸음 뒤에는
얼마나 많은 걸음이 숨어 있는지
얼마나 많은 망설임과 불안,
정치와 경제의 함수가 숨어 있는지

중조변경 일보과(中朝邊境 一步跨)
커다란 붉은 글씨 앞에는
좁은 강이 흐르고
파수꾼처럼 옥수수가 자라고

굳은 결심으로 디뎠던 한 걸음
물속에서도
공중에서도

숱한 네게 이르는

다음 한 걸음은
구름과 바람과 햇빛을 몰고
아무도 죽일 수 없는 젖가슴*으로
손을 내밀고 다가가는 한 걸음

* 한강, 「캐시주이자」.

선감도

오늘 선감도 경로당은 만조다
기억 속 온갖 물고기들이 떠밀려 와 있다
그물질로 평생을 지낸 노인들에게서
물의 내력을 듣는다
선감학원 사십 년 잔혹사를

아이들이 강제로 끌려온 곳
노역의 시간은 짠물보다 더 짜서
물이 가두고 풀어놓는 평생을 살다 간 아이들
물의 그물에 걸리거나
갯벌의 일부가 되거나

원생에서 직원으로
엉겁결에 자유를 맞이한 김춘근 씨를 듣는다
굴 껍데기 깔린 마당에 머리를 박은 얼차려
파랗게 질린 관사 지붕
선득하니 소스라치는 기숙사 문고리

언덕 위 붉은 흙엔 몇백 명이 묻혔는지

그들을 가슴에 묻은 갯벌
소리를 삭이며 잔잔해진 물결
이제 갯바람이 키우는 건
까만 눈동자 같은 포도알들

선감 선착장엔
칠게들이 물때에 따라 배웅했다 마중하고
속살거리며
힘닿는 데까지 같이 가자는 물결의 연대

지구에서 아주 잠깐

제자리에서 펄쩍,

뛰어오르는 재주만으로

일억 년 이상을 살아온 놈*이 있다

운석이 날아들어도

펄쩍,

빙하기가 닥쳐 얼어 죽을 지경에도

펄쩍,

화산재가 덮쳐도

펄쩍,

깜깜한 제 그림자에

펄쩍,

포토라인에서 아니라고

펄쩍,

우주 한 귀퉁이에서

초미세먼지 들이키며

펄쩍,

지구에서 아주 잠깐 몸을 떼어내는 것만으로
일억 년을
펄쩍,

* 톡토기(springtail).

모란공원에서

화살표 모양의 나무 표지판에 이름이 적혀 있다
전태일, 박종철 직진
문익환 왼쪽
김근태 오른쪽
이소선, 박래전, 조영관……
고달프고 처절한 한국 현대사를 읽는다

이정표로 남은 당신들 앞에
이정표가 필요한 이들이 서 있다
열사들은 죽어 자라고 무성해지고
열사들의 삶을 받아쓰며
풀들은 생생해진다

'민주주의자 김근태의 묘'
빨간 폴라를 입은 조용한 시선
작은 거인의 모습
우리의 적은 어디에 있나

산 자들은 이곳에서 묻는다

길과 길 아닌 것

지금 서 있는 지점은 어디일까
김근태 선생까지의 거리는
멀어만 보이는 전태일 열사까지의 거리는

보이지 않는 강이 흐르고
산 자와 죽은 자를 잇는 산맥이 뻗어 있다

망명자

부천 변두리 석왕사 장례식장
미국에서 왔다는 누이가 조문객을 맞는다

사십이 넘은 넵튠나잉은 결혼을 하지 않았다
우리나라에 와서 이십 년
망명자 신분을 부여받던 날
기뻐해야 할지 슬퍼해야 할지 묻던 그와 동료들

조문객은 열댓 명 드문드문
전과 김치를 안주 삼아 소주와 맥주를 마신다
'버마를 사랑하는 작가들'이
닭서리 수박서리 이야기를 한다

이곳에서 왜 서리 이야기를 하고 있는가
금지된 것들을 성취하는 달콤함,
삶에서 허락받지 못한 것들을 기억하려고?
그러나 군부독재 정권 아래서

자유는 몰래 얻을 수 있는 게 아니다

그는 심장질환으로 갑자기 숨졌다
의료사고일지 모른다며 조심스레 추측해보지만
누가 들을까 주위를 살핀다

승리도 패배도 없는 곳에
영원히 망명해버린 그의 빈자리

밖에는 어느새 비가 부슬부슬 내리고
우리는 턱에 닿지도 않는 취기를 불러내기 위해
또 다른 술자리로 몰려간다

아이야, 네 손에

하늘에는 철새
지상에는 떨어진 나뭇잎새
그 사이에 팔락이는 작은 불새

촛불은 작은 불, 아이야
이곳에서 시작했고 이곳에 있으며
여기로부터 출발하자
슬픔과 어둠의 땅에서

굳고 딱딱한 것들이
몸속 호수에 제 모습을 고요히 비추이다가
출렁여, 언제든 흐름이 된단다

촛불은
흐르는 강
푸른 느릅나무
솟아오르는 분수

누구도 촛불을 손에 쥐여줄 수는 없어

동굴과 눈 덮인 숲을 지나
이것은 긴 여행
촛불을 네 손에
아이야, 네 손에

심장에 불이 붙으면 돌아갈 길이 없단다
오래된 기념상 발치에 머무르지 말고
세계를 낳으렴, 아이야

전쟁은 여자의 얼굴을 하지 않았다*

— 김학순 할머니

뒤집힌 치마는

얼굴을 가리고

목구멍을 막았지만

1991년 최초의 증언

"나는 위안부였다"

그 순간을 위해

벼르고, 벼린 침묵

암흑 속 칼날이었다

바위를 뚫고 솟아오르는 마그마였다

"아주 펄펄 뛰다가 내가 죽겠어. 내 귀로 직접 일왕의 사
과를 들어야지"

여전히 귀향 중인

맨발의 얼굴

분노와 슬픔으로 앞장선

늙은 전사의 얼굴

다시 태어나면

여자로 살고 싶은

* 스베틀라나 알렉시예비치.

낯선 집

이곳에선 모든 게 낯설어
서툴기만 해
잠긴 다락, 삐걱거리는 마룻바닥, 눅눅한 방들, 무거운 공기

반투명 미닫이 창문을 열었는데
똑같은 창문이 또 나왔다
그 창문을 여니 또 창문이 있다

이런 창문에 갇히다니, 창문에 갇힐 수도 있나

하나의 창문을 여니 창문과 창문 사이에 틈이 보였다
또 하나의 창문을 여니 새소리가 들리는 듯했다
그 다음 창문은 연분홍색 반투명 유리였다

창문이 있으니 얼마나 다행인가

여는 행위가 중요한 것이라고

스스로를 납득시키며

열 개 스무 개 서른 개의 창문을……

땀을 뻘뻘 흘리며

그 사이에 한 줌의 향기가 들어왔다

한 트럭분의 빗소리가 들렸다

들어오는 빛은 어슴푸레했다

집 안은 내가 발산하는 물기로

자욱하니 차오르기 시작했다

사월

목련과 벗꽃이 등을 내걸자
산수유 개나리 진달래 조팝꽃 한꺼번에
급히 꽃을 피우고

하객으로 조문객으로
밀려가고 밀려오고
결혼식과 장례식이 함께 있는 날엔
어디를 먼저 가야 하나 순서를 고민하고

칠십여 년 전 어느 섬에서의 떼죽음
아무 일도 하지 않느라 애쓴 바다
사월은 찬란했지만 불길했고

팝콘처럼 튀겨지는 무성한 소문들을
일상의 간식으로 주워 먹으며
망각과 기억의 경계에서
섬과 육지를 서성거리다가

이별의 역사를 더듬어본다

다투어 피어난 꽃이

한꺼번에 하르르 지는 이유를

아득한 그리움은 꽃으로 피어나고

— 사할린에서

시대의 어둠은 깊고 깊어
무진장(無盡藏)
삶의 노다지, 어둠어둠어둠

하루 2톤의 할당량
수레에 실어 담을 때
어머니의 얼굴 한 삽
고향의 하늘과 바람 한 삽……

광부, 아버지, 조선인, 남편, 사람, 민중
무어라 불리었건
검은 하늘에 더 껌껌한 것이
붉은 심장에 더 붉은 것이 지나가고

지금도 하늘에서 어둠을 캐고 있는 별들
일부는 땅에 내려와
가도 가도 끝없는 노란 들판

어둠의 힘으로 환히 빛나는

땅의 광부, 땅의 별들
아득한 그리움은 꽃으로 피어나고

위기

길 한복판에 있던 장끼가
자동차를 뒤늦게 발견하고
허둥지둥 길을 가로질러

달린다, 새가, 장끼가,
날개를 접고
길짐승처럼 마구 달린다

낙엽이 두툼히 깔려 있었다면
머리를 그 속에 처박았으리
제 깜깜함이
자신을 지켜주리라고

새

─ 미술전시관에서

새 한 마리 데려가고 싶어요
날지도
짖지도 않고
눈만 멀뚱하니 뜬 새

나무 부리, 나무 날개, 나무 발톱
그래도 새잖아요

노래는 내가 부르지요
아름다운 세상 바라보는 것도 내 몫
몸통에 딱 붙은 날개도 괜찮아
두 다리로 몸을 지탱하기만 하면

휠체어 탄
내 곁에 웅크리고 앉아
속울음 길게 삭일

새 한 마리 데리고 갈래요

사과를 베어 물다

사각, 밝게 웃으며 한입 베어 문다
어제 마음의 준비를 하라잖아, 대장이 온통 헐어서 어디
선가 피가 터져 발만 동동 구르는데 급사할 수도 있다고

과육이 으깨지는 소리가 나며 입 주위로 과즙이 번진다
응급실이든 중환자실이든 살려달라고 애원하는 게 일상
이야, 어제도 의사 붙잡고 살려달라고 애원했어

창백한 입술이 촉촉이 젖어들며 혀와 말의 길이 부드럽다
바로 옆 침대가 비어 있어서 어디 갔느냐고 물었더니 갔
다고 그래, 집에 갔느냐고 했더니 돌아갔다고, 처음 온 곳으
로 갔다고

입안 가득 베어 문다, 대학병원에서 혈액암으로 이 년째
투병 중인 아이를 둔 엄마가 희망을 베어 물듯 사각사각 맛
나게 사과를

사과는 줄어들고 입안의 물기는 많아지고 사과향이 점차

주변에 퍼지면서 으깨지는 사과는 말이 되고, 활기가 되고, 희망이 되어 스며들고

어제도 같은 중환자실에서 둘이나 갔지만, 그래도 우리 애는 살아 있어

멍든 것처럼 시퍼런 사과를 마지막으로 베어 물고 으적으적 씹다가 꿀꺽 삼키고 자리를 털며 일어난다, 면회 시간이 다 되었다며

있어요

번개탄이 있어요 계란이 있어요 오뎅이 있어요 두부가 있어요 새우젓이 있어요……

확성기 소리를 듣는 일요일 한나절

검은 비닐봉지를 뒤지다 민들레꽃 핀 골목길을 가로지르는 고양이가 있어요

고양이와 지붕들을 내려다보는 목련나무가 있어요

벙그는 목련 봉오리 주위를 파닥이는 이름 모를 새가 있어요

이삿날 받아놓고 무장무장 자라나는 한숨이 있어요

점점 헐거워지는 동네가 있어요

다,가,올 재개발이 있어요

제3부

안부

아이가 살림 나자
하루에 한 번씩 하게 되는 인사

밥 먹었어?
편히 잘 자

모든 나날은
첫 번째 나뭇잎, 마지막 잎새

잘 먹고
잘 자

실눈을 뜨다

이제 막 읽고 쓰기 시작한, 엄마 또래 노인의 말
"비로소 실눈을 떴어요"

사 년째 병석에 누워 있는 엄마는
눈을 떴는지 감았는지
묵언수행 중인데

첫 글자를 배우고
구름 같은 가슴으로
나를 낳기 전
실눈을 떴을까

느린 가난에
신랑 얼굴도 못 보고 결혼한 엄마
미역을 따고 게를 잡으며
빛의 아이*를 낳고 싶었을까

늘 걸음마를 하는 것 같은데

이제야 내가 발 딛고 선 곳이 눈에 들어오는데
시를 쓴다고 엎드린 창밖,

하늘에 실눈 뜬 달이
세상을 더듬더듬 읽기 시작하고
푸른빛을 띤 세계가 마냥 펼쳐져 있고

* 허수경, 「오렌지」.

여신들

제 모습이 여신 같다며
딸이 사진을 내민다

네가 아는 여신은
성모 마리아나 비너스
뽀얗고 매끄러운 살결에 젊고 아름다운 미녀
그 아름다움이 때로 피와 살육의 원인이 되기도 했던

그러나 인도 어딘가에는 뱀에 휘감기고 전갈에 물린 채
살이 썩어 들어가 손가락이 없는 여신이 있다 앙상한 몸이
뒤틀린 채 고통에 신음하면서도 젖을 아이에게 물린 차문다
여신*

마지막 한 방울까지 짜내어
먹이려는
고통과 비참 속의 모성

끝내 쓰러져

말을 잊고

슬픔도 잊고

다시 태어나

기꺼이

먹일 준비를 하는 여신들

옹알이하며

기저귀 차고 누워 있는

여신들의 거처,

지구 별의 기이한 풍경

* 엔도 쇼사쿠, 『깊은 강』.

가슴을 재다

브래지어 사러 왔는데 치수를 잘 모르겠다고 했더니, 눈대중으로 얼추 비슷한 치수의 것을 들고 성큼 일어선다

양팔을 들게 하고 브래지어로 내 가슴 치수를 잰다 나도 모르는 내 가슴의 치수를 잰다 줄었다 늘었다 어떨 땐 콩알만 했다 어떨 땐 듣도 보도 못한 공간으로 휙 날아가버리는 내 가슴을 잰다 내 가슴 크기를 나보다 더 잘 안다고 한다

굳이 그렇게까지 하지 않아도 된다며 사양해보지만 막무가내, 평생 누군가를 먹이고 입히느라 살가죽에 가까워진 젖가슴으로 당당히 서서 내 가슴 크기를 잰다 당신 가슴은 얼마라고 숫자를 댄다

황송히 그 숫자를 받아들고 아, 내 가슴이 이만하구나 그런데 큰 건지 작은 건지 기준치를 몰라 쩔쩔매다가 생각해보니 가슴 크기의 평균이 뭐가 중요하랴

내게 딱 맞는다며 자신 있게 내미는 브래지어를 웃음으로

받아 들고 돌아서려는데 주변 노점에서 지켜보고 있던 수원
남문시장의 가슴들이 다들 깔깔 웃는다 빈 가슴으로 웃는다
비워서 충만해져서 웃는다

폐사지에서 별 보기

덩그러니 서 있는 삼층석탑, 깨진 기왓장과 주춧돌
폐(廢)해서 열려 있는 곳
땅속에 동종(銅鐘)이 묻혀 있다면 더욱 좋겠지

몸속 불 다 끈 채
캄캄한 얼굴로 들여다보는 하늘
묻혀서 긴 울음 우는 동종 소리를
심장으로 들으며

하늘 저편에서 날아올 것을 기다린다
암흑 위를 누비는 시선의 산책
다른 이들은 여러 개 봤다는 유성이 내겐 왜 안 보이나 애
를 태울 때
반짝, 뭔가가 스쳐 지나갔다
별,이라고 발음하기도 전에

어둠과 적막 사이에서 온몸이 시었다
눈을 감는다

거대한 우주 사원의 오랜 유적이 나라는 생각
나만큼 캄캄한 얼굴로 유성을 보겠다며
이곳을 들여다볼 검은 눈동자 생각

소리의 사원을 세우려는 기세로
풀벌레 울음소리 가득한데
머나먼 우주에서 웅ー웅ー 동종 소리
눈 깜짝할 새 별은 빗금으로 사라지고

구름교차로

노가리길과 은쟁이마을 지나
당신은 그쪽으로 흘러가요
난 이쪽으로 흐르지요

포도나무들은 포도를 매달고
물구나무 선 자세로 스쳐가겠지요
보랏빛 알알이 들여다보지 말아요
발목이 잡힐 테니까

바다를 만나면 안개로 풀어져요
달려오는 파도가 포옹하기 전에
한없이 무거워져
빗방울로 흩날려도 좋겠지요

바다를 만나러 가는 당신과
바다를 만나고 오는 당신은
전혀 새로운 구름

당신과 내가

다시 만날 때
천둥으로 팡파르 울립시다
우리 처음 만나는 거니까

신호등이야 지상의 일
붉디붉은 하늘 업고
북에서 남으로
서에서 동으로

361로(路)

울창한 숲 둘러두고
용소 옆 너럭바위에 바둑판 새겨
세상과 대국하던 이 보이지 않고

빨간 열매 하나 또르르 판 위에 떨어지니
금세 새 한 마리가 귀퉁이에 착지한다
뒤이어 갈참나무 이파리 둘이 판에 끼어든다
한 점 한 점 눈송이가 수를 두자
바람이 무리수라며 휙, 밀어버린다

바둑 두는 이도
훈수하는 이도 없이
돌들만 있는 바둑판
돌돌돌돌 물소리

바둑판 눈금에 서본다
눈금들 사이가 좁다, 아니 점점 넓어진다

실리에 사활을 건 사막

벌떼같이 맹렬한 여름과
채운 만큼 비워진 가을을 지나

초겨울, 얼음의 길이 펼쳐져 있다
그걸 덮으려는 듯
눈송이는 자꾸 속수(俗手)를 두고

스위치

별이라도 반딧불이라도
빛이란 빛은 다 켜두고 싶은 저녁

발걸음은 오고 또 오고

흘러와서 흘러간 것들에 대해
나는 아는 바가 없다
몸을 통로 삼아
잠 속의 비는 어디론가 스며들고

공중에 매달린 것들이 소리를 내고 있다
끊어진 전선이 창문을 후려친다
내달려온 불꽃이 접점을 찾듯
이리저리 허리를 뒤튼다

어떤 점화의 순간들은 빗나가고
끝 간 데 없이 호흡은 떨리고 뜨거웠지만
겹겹의 피복(被覆) 속에서

우물쭈물거리며 지나가버린 순간들

어쩌면
지금 이곳이 아니어도
등은 어딘가에서 켜지고 있을 것

발걸음은 가고 또 가고

푸른 어둠 속
별, 하나 둘 돋아난다

한탄강에서

비명을 싣고
전율을 싣고
흘러가지요
일부러
표류하지요
물에도 빠져보지요

배밀이를 했던 출발 지점에서
점점 멀어져가며
뒤집어질 듯
좌초도 하면서
난민처럼
떠밀려 가보는 거지요

평생의 아우성을 풀어놓아

끝내는
비명이

웃음으로 마감되기를 기대하면서

빠르게

빠르게

세류천

이곳에서 살다 간 보리밭 시인도
용두각에 관한 글을 쓴 소설가도
수원에 내리는 눈을 기억하는 시인도
탁족을 하다 날아가고

광교산에서 내려온 수척한 바람이
철봉대에 매달려 근육을 키우고 있다
실버들이 무리 지어 그걸 지켜보고 있다
깜깜한 기억을 가진 실버들은
잡아두지 못한 하늘이 있다
울고 가던 어둠을 그냥 지켜보기만 했다

여기저기에 발을 담글 만큼 담가봤다는 여유로운 포즈로
왜가리가 탁족하고 있다
발을 담근다는 것은
생계를 그곳에 의존한다는 것
골똘히 제 그림자를 들여다보거나

흔들리는 것들의 가계를 훔쳐보다가

팔달문과 성곽 너머로 유유히
왜가리가 날갯짓한다
안단테로 노래하듯이 자유롭게
제 가계만 아니면
다 잉여로 보이는 한낮

그렇다, 그렇다
아니다, 아니다
실버들이 끄덕이다가 가로젓다가

사회적 거리 두기

돗자리와 간식 들고 뒷산 자락에 자리를 잡는다 수개월간
스스로 격리했던 몸들을 나무 그늘에 부린다

뻐꾸기가 우네요. 우는 게 아니라 웃는 거지요, 남의 집
빼앗고 알을 낳았으니 좋아서요.
 기상천외한 대답에 마스크 속에서 다들 뻐꾹뻐꾹 웃는데

선생님, 이 산에는 노루가 뛰어다녀요. *고라니가 아닐까
요? 고라니와 노루는 어떻게 구별하나요? 히프가 하얀 게
노루지요, 노루궁뎅이버섯이 딱 그렇게 생겼잖아요. 궁뎅
이를 보셨나요? 아니오, 그렇게 자세히는……. 사슴은 분명
아니었지요? 사슴?* 선생님, 노루, 고라니, 사슴, 다 그놈이
그놈 아닌가요?
 노루를 봤다는 수강생의 "그놈이 그놈" 발언에 한바탕 난
리법석,

숙제를 내준다 '그놈'이라는 제목으로 시 한 편 써 오라고

뜬구름 내려다보고 바람이 책장을 넘기고 이름 모를 새들

이 한바탕 지저귀고 나자 돗자리를 걷는다

　허리 펴지지 않는 구름
　관절 앓는 고라니
　성대 결절 앓는 뻐꾸기

　왱왱대며 수업에 참여했던 모기가 남긴
　흔적, 다 함께 나눠 갖고
　뿔뿔이 흩어진다

이런 말

곤란한 당신이 말하지
음−, 음−
그것을 지켜보는 내 입에서도 음−
억양과 어조가 다른 음−들

아무것도 아닌
그러나 모든 것인 이런 말

오,
맙소사
글쎄 이런
에구머니나
어쩌면
그랬구나, 쯧쯧

신음인 듯 감탄인 듯
표정과 몸짓이 따라가고야 마는

그조차 힘겹다는 듯

음―
앉음새 그대로
공명통이 돼버리는
최초의, 최후의 말

물의 가족

선감도 달력은
물로 세상을 읽는다

음력 10월 2일 정해(丁亥)
고조 (5시 30분) 817 (17시 50분) 865
저조 (11시 45분) 52
8물

빼곡한 숫자와 십이간지 그림 사이에
구멍 난 그물을 깁는다
흠집투성이인 배를 수선한다

오늘 생일인 아이는
8물의 아이, 밀물의 아이
물을 가두고 풀어놓는 평생을 타고난 아이

흥과 신명으로 봄날을 적시거나
청춘의 바다를 태풍처럼 질주할까

개펄처럼 드러난 생의 밑바닥을 찬찬히 더듬어보기도

아무려나

바다에 씨 뿌리는 아버지 바람대로

지느러미 풍요로운 삶을 살겠다

13물, 조금, 무쉬, 1물, 2물

썰물처럼 멀어졌다 어쩔 수 없이 다가들

물의 가족

그 자리

비틀리고 마비된 몸으로 당신이 누워 있는 그 자리

방사선 치료 받느라 격리실에서 홀로 지새던 그 자리

길고 긴 미움의 끝, 빨리 죽지 않는다고 숨 몰아쉬는 남편
에게 닦달하던 그 자리

쓸고 닦고 먹이고 입히느라 평생 온 힘을 다하던 그 자리

열 살 터울의 둘째 아이를 화상(火傷)으로 보내고 밤마다
숨죽여 울던 그 자리

공장에서 철야 작업을 하고 돌아와 석유 냄새 풍기며 핏
기 없이 쓰러지던 그 자리

영동대교 공사현장 모래밭에서 바람떡 꿀떡 인절미를 팔
던 그 자리

신랑 얼굴도 못 봤는데 시집가라고 내쫓기다시피 한 그
자리

배꽃처럼 환히 웃으면 온 동네 총각들 밤잠 설치던 그 자
리

누구도 대신할 수 없는,

저수지

'괴다'라는 말은 '사랑하다'라는 뜻

거울처럼 비추다가
같이 출렁거리기도 하는

내 속에 네가 온통 괴어
너를 내뿜는 것
너를 일렁이는 것

속속들이 썩더라도
끝내
품는 것

석양빛에 환히 불타오르듯
어두워질지라도

제4부

잔도

네게로 건너가는 길은
옆구리길

낭떠러지에서 낭떠러지로
선반을 매듯이 걸쳐진 길

한 구름이 다른 구름에게 가는 길엔
말도 원숭이도 사절

나비 앞세워 간다
돌아가는 길을 지우며 간다

네게로 가는 길이
낭떠러지여서 간다

까마득한
추락과 비상 사이
곤두선 몸뚱이 하나, 밀며 간다

이 자리에서만 보이는 것이 있다

전철을 탔는데 맞은편 하이힐
다른 것은 안 보이고
하이힐 신은 발만 보인다

하이힐은 구멍이다
시선이 자꾸 빠진다
구멍은 결핍,
평생 결핍을 보다가 죽는 걸까

전철 안에는
배낭 메고 끄떡없는 등
나비처럼 팔랑이는 입술
평생을 걸어도 지치지 않는 다리

휠체어 발 받침대에 발이 놓여 있다
하이힐과 결코 만날 수 없는
영영 내 것이 될 수 없는

뒤틀린 내 발

히말라야보다도
우주보다도
더 먼 발

고개를 들면
눈이 자꾸 구멍으로 빠진다

제비 풍속

대로변 강남아파트의 측면에 누가 제비를 풀어놓았나
부메랑 같은 꼬리 흔들며
아파트를 떠메고 날아갈 듯한 기세다

강남(江南), 강의 남쪽은 어디인가
베트남의 강남, 인도의 강남 다 다른데
한시(漢詩) 속 강남은 양쯔강 하류 곡창지대
등 따습고 배부른 곳
제비가 금반지를 물고 오기도 하는

강남에선 풍속이 제멋대로라*
각성과 도취, 천진과 대담,
무질서와 광기가 소용돌이를 이루는데

고작 한강 이남을 떠올리는 나와는 달리
하루살이, 파리, 매미 등을 잡아먹는 제비는
그 작은 날개로
제트기류와 난기류, 돌풍을 헤치고

태풍보다도 멀리

너 따라 강남을 가봐야겠다
바람에 귀를 단련하고
태평양에 심장과 간을 씻으며 노닐다가
우주 닮은 씨앗 하나 물고 와야겠다

⁋ 최지원, 「江南女」.

꿀샘에 이르는 길

보랏빛 엉겅퀴 꽃에 나비가 앉는다
파르르 떠는 날개
빨대의 몇 배는 되어 보이는 삐죽삐죽 엉겅퀴 꽃

꽃은 잎 한 장 한 장에
꿀샘에 이르는 지도를 그려놓았다
난독증이 있어 긴장한 나비
맹지에 발 들이밀듯
혹여 끈끈이주걱, 파리지옥에 빠질세라

거* 앞에서 머뭇머뭇
빨대를 깊게 디밀어보아도
축축하고 어두운 허공뿐

꽃도 사기를 친다
헛꽃도 마련하고
가짜 꿀샘을 만들고

포로인 줄 모르고

나비는 헛꽃에 취해 탕진하거나
맞지 않는 빨대를 가지고 기웃거리기도

거짓 영감에 속고
헛발 짚기 여러 번, 드디어
꿀 따는 데 성공했다고
의기양양

* 길게 늘어진 꿀샘.

바람 소리

눈발이 흩날린다
허방을 딛는 자디잔 발자국들 사이로
가슴을 흔드는 여윈 목소리
너무⋯⋯ 말아라⋯⋯

바닥이란 바닥은 다 쓸어보았던
생의 한 호흡 놓으며
너무⋯⋯ 말아라⋯⋯

평지를 걷는데도
왜 비탈 같은지
뚝배기 쟁반을 머리에 인 적도 없는데
척추는 주저앉는지

꿈은 저희들끼리 뒤얽히며 흘러가고
해는 도시의 빌딩들 사이에서 뜨고 지는데
바람이 되어 들려오는 목소리
아가, 너무⋯⋯ 말아라⋯⋯

구름, 비, 나무

첫 번째 구름이 비를 뿌리고 갔다

두 번째 구름도 비를 뿌리며 괜찮아? 하는 표정을 지었다

지상엔 나무 한 그루 서 있다

온몸으로 비를 맞고 있다

비를 맞으며 구름을 생각하고 있다

생각하는 동안 구름을 닮은 잎이 돋아났다

37.5

어쩌면 사랑의 시초는
외계에서 지구로 날아온 바이러스였을지도
더불어 잘 살아가자고
몸속에 들어온 바이러스가 구사한 생존 전략

사랑에 빠진 사람의 전형적인 증상
가슴이 쿵쾅대고 얼굴이 붉어진다
체온이 올라가고 호흡이 가빠진다
사랑할 때의 체온이 37.5

발열 반응은
위험성을 감지했다는 것
이물감과
이전의 나로 돌아갈 수 없다는 위기의식

지상의 발걸음이 익숙지 않다는 듯
무게 중심이 공중에 떠 있고

숨어 있던 날개가 푸득거리고

열망이 샘솟는다
둘만의 어둠과
안테나를 갖게 되는 것

한 덩어리가 되어 몰려간다
지구의 중력이 닿지 않는 동굴을 찾아

홍시

'그곳이 차마 꿈엔들 잊힐리야' 앞에서 단체사진을 찍고 실개천 위 다리를 건너 정지용 문학관에 들어갔다 천장의 빔에서 비추이는 시를 양 손바닥에 받았다 합장하듯 손바닥을 모두어 위로 올렸다 천천히 내리며 양쪽으로 펼치자 빛이 다가왔다 따스하고 간질거리는 것, 팔랑거리는 것이 손바닥 위에 지나갔다 정지용의 '홍시'였다

어저께도 홍시 하나 오늘에도 홍시 하나

순간이 길었던 것 같은데 시를 잡을 수가 없었다 잡고 싶다고 생각하는 순간 이미 지나가고 있었다 머무르지 않았다 그냥 흐르고 흘러 손바닥 밖으로, 바닥으로 넘쳐흘렀다 넘쳐흘러 흔적 없이 사라졌다 혼자서 놓치는 시가 너무 아까워

함께 간 일행들과 손바닥을 가지런히 하고 홍시를 받으며, 시란 따스한 것인가, 간질거리는 것인가, 재채기가 터지기 직전의 간질거림인가, 폭풍처럼 내뱉어지는 것인가, 나

비처럼 팔랑거리는 것인가, 생각하는 사이 연달아 시가 지
나갔다

  시를 받는 달 시월, 일 년 내내 시월

  밖으로 나서자 발간 감이, 울긋불긋한 나뭇잎 사이에서,
나를 받아보라는 듯 깔깔 웃어대고 있었다

늦가을

가로수들이 척추 곧추세우는
정형외과 앞

파스처럼
어깨에 내려앉는 나뭇잎

지팡이를 짚어도
직립이 위태롭다

"여기가 아픈가요?"
물리치료사가 꾹꾹 눌러본다
누르는 곳마다 아픈 듯 안 아픈 듯

몸의 통점을 도무지 알 수 없다

낡은 전기 지압 기구를 등허리에 댄 것처럼
감감한 오후

병원 문을 나서는데

아픈 곳이 거기라는 듯

후미지고 외딴 곳으로
낙엽을 몰아가는 바람

손들

예전에 지팡이였다고 한다
마의태자의 용문사 은행나무

나무에 손들이 달려 있다
손들에게는 지팡이가 필요했던 것
손들은 피어나고 다시 또 피어나고

잔주름투성이, 바스락거리는 손
바람 불자 제일 먼저 달려간다
마음보다 먼저 건너가
마음보다 먼저 움츠려

손이 감추어둔 패처럼
은행들은 떨어져 뭉클뭉클 밟히는데
알들은 자라
어디를 짚고 다닐까

지팡이 남겨두고 손들이 떠나간다

노르스름한 손을 하늘하늘 흔든다
또 오겠다고
지팡이에겐 손이 필요한 법이라고

손이 심장이다
몸통에서 멀리 돋아난 심장
마지막까지 파닥인다

무용수

힘껏 뒤로 제낀 목이 가늘게 떨린다
머리카락은 검은 불길

갈비뼈는 날개의 흔적
융기와 침강을 거듭하며
날개가 키운 두 개의 젖망울

두 엉덩이 사이 시간이 흐른다
만 개의 골목을 지나고 천 개의 커브를 휘돈다

온통 멍든 듯 푸르뎅뎅한 발
발가락들은 굽고, 휘고,
조그만 망치 같다

몸이 만들어내는 여백을 향해
눈망울들은 질주한다
예측할 수 없는 체위와 포즈들에 숨죽인다

우리의 욕망은 서로 다른 방향으로 향하고

다시 지상으로 착지하기까지
삶은 유보된다
그는 허공으로 발을 내딛고
허공에 기대어 산다

거미

펼쳐놓은 그물에 제 몸부터 걸고
전 재산인
벌레 몇 마리를 지키고 있다

소유에 관한 한 투명하다
어젯밤에 내린 비 몇 방울 수확해
보석처럼 펼쳐놓는다

지나가던 바람에 흔들린다
거미줄에 걸린 배추밭
배추밭에서 일하고 있는 노부부
출렁인다
마을이, 칠보산이

햇살이 다독인다
아무 일 없어 괜찮아
고요히 중심을 잡아준다

파르르 떨리던 신경줄이 잠잠해진다

노부부와 마을, 칠보산이
다시 제자리를 잡는다

그 중심에 거미가 있다
제 왕국을 가을 햇살 아래 말리고 있다

애완돌

돌멩이를 길들이려면
특수한 명령어를 사용해야 한다
앉아
기다려
굴러가
그리고 잘했다고 쓰다듬어줄 것

여행 갈 때마다 주워온 돌멩이들에 이름을 붙여준다
보봐리, 개츠비, 라스콜리니코프……

항아리 속 오이지를 라스콜리니코프로 지그시 누른다
사랑에 눈이 먼 개츠비는 장식장 위에 얹어둔다
목마른 보봐리는 어항 속 열대어의 쉼터가 되라고

반항을 꿈꾸는 돌멩이
꿈까지 통제할 수는 없는 일

수면을 스칠 듯 말 듯 통통통 건너가거나

날개를 달고 새처럼 창공을 날아가는
화려한 지느러미 달고 물속을 탐사하는 꿈

떠오르는 햇살에 말갛게 씻긴 돌멩이에게 새로운 명령을
내린다
오늘은 굶어,
침묵하고
왜 그러느냐는 듯 빤히 쳐다본다

매일 아침 미지의 문 앞에 서 있는 돌멩이와
여전히 동거 중

새

헐렁한 산에
하늘이 들어 차 있다
낙엽 두툼하게 쌓인
바로 그 위가
하늘이다

곧 새싹들이
하늘을 밀어올릴 것이다
짙푸르게 밀어올릴 것이다
밀려 올라간 높이까지가
지상이다

아니다, 지상은
나무 위 둥지에서 날아오른 새가
다다른 높이

새는

날마다

지상을 물어올린다

세상에 묻힌 온몸, 시의 세계

박수연

박설희의 시에서 두드러지는 것은 두 개의 대비적 세계이다. 세계는 대립하거나 대조적인 것들로 대비되고, 대비되기 위해 연결되며, 연결되면서 변화한다. 시인이 염두에 두었을 시집의 전체 구성이 이미 그렇다. 첫 시「부리」는 하늘을 나는 새를 소재로, 그 새의 형상을 그려놓고, 두 번째 시「모든 곳에서」는 새의 탄생과 성장을 그려놓는다. 시집의 마지막 시 또한「새」이고 그 앞의 시는 바로 세계의 모든 곳에서 굴러다닐 사물이자 읽는 사람에 따라서는 새의 비유로 읽히기도 할「애완돌」이다. 처음과 끝이 이렇게 연결되고 대비된다. 이 양편의 시편들이 포괄하는 저 안쪽에 '새'의 무수한 표현이 있을 것이다.

모든 시인은 세계의 비밀을 탐구하는 사람들임이 분명하고 모든 시인이 그렇다는 말은 표현에 성공한 모든 시가 그렇다는 말이다. 그래서 이 '모든'으로 수식된 사태들에 대해서는 그다지 할 말이 많지 않게 된다. 특별히 그에 대해 얘기해볼 필요를 사람들은 느끼지 못하기 때문이다. 중요하지 않아서라기보다 이미 그 사태에 '모든'이라는 말의 의미가 적용되고 있는 경우들이라서 그렇다. '모든'으로 수식되는 주사는 빈사에 의해, 이를테면 그 빈사가 지시하는 의미에 의해 규정되는 주사이기 때문에 그것에 대해 다시 말할 필요를 느끼지 못하는 것이다. 그래서, '모든'이라고 얘기하는 순간 모든 것들은 일반적으로 평범한 것에 불과하게 된다. 시의 흐름에 굴곡을 가져오는 힘이 없다고도 할 수 있다. 개별 시편들은 좋은 것 같은데 시집 전체적으로 밋밋하다는 느낌을 주는 시집도 마찬가지다. 시집에 힘이 없는 경우여서 마음을 줄 장소를 마땅히 찾지 못할 때, 사람들은 밋밋하거나 평범함을 느낀다. 시는 이 평범함과의 싸움일 수밖에 없다. '모든'으로 지칭되는 세계와 사물들의 모습에서 그 '모든'을 특별하게 만드는 무엇인가를 하나하나의 형상으로 발견해야 하기 때문이다. 개별적인 언어를 찾아 모든 모험을 감당하는 일이 시 쓰는 일일 텐데, 박설희의 시집이 짊어진 숙제는 이 '모든 것'에 대한 특별한 형상 부여일 것이다. 어떻게 이 세계의 '모든' 것의 의미를 평범하지 않게 구성할 수 있는가가 그것이리라.

그가 시집의 두 번째 시 「모든 곳에서」에서 새의 탄생과 성장이 이루어지는 장소를 세상의 모든 곳이라고 말했을 때, 시의 제목은 '모든'의 의미 바로 그것을 따라서 세상의 특별한 곳이 아닌 모든 장소를 환기한다. 시인의 시선에 포착된 모든 장소가 새가 자라는 곳이라는 뜻이다. 해석을 확장하는 예민한 독자들은 세상의 모든 것이 새와 관련된 사물이거나 사건들이라고 생각할 수도 있을 것이다. 그래서 예를 들어 세 번째 시 「벽이 온다」는 "공중을 더듬으며 길 찾는 목숨들"이라는 비유로 새를 노래한 것일 수도 있고, 「대피소에서의 잠」과 같은 시는 벼랑과 낭떠러지 직전의 둥지에 몸을 숨긴 새의 안식을 표현하는 것일 수도 있는 것이다. 이런 해석이 과한 것일지 모르지만, 이 해석의 가능성을 열어놓은 사람이 바로 시인 자신이다. 서시와 결시가 모두 새를 소재로 하기 때문이다. 그러므로 시집은 꿈과 좌절, 희망의 비애와 절망의 일반성이 펼쳐지는 모든 장소가 새의 형상과 이어지는 광경들을 모아놓은 것이라고도 할 수 있다.

새 시집이라는 말이 모든 새에 대한 말이라는 의미와 겹쳐질 때의 평범성의 함정을 피해 박설희가 선택한 형식은 특정한 시편을 이용해 시집에 부여한 굴곡이다. 첫 두 시가 시의 형상, 탄생, 성장이고, 마지막에 펼쳐놓은 시가 「새」이며 그 앞에 놓인 시가 「애완돌」인데, 「새」의 특별한 의미가 만들어지는 것은 이 시가 첫 번째 시의 소재인 새의 형상과 의미상의 지속성을 가지고 있기 때문이다. 「애완돌」은 길들여진 돌멩이이지만 비상을 꿈꾸는 돌멩이이기도 하다. 실제의 현실 세계에서 돌멩이는 가장 낮은 곳에 위치하고 험한 곳을 마다하지 않는 사물이다. 그것은 온갖 고난의 상징이면서도 항상 제자리 안에서만 꿈꾸는 존재처럼 묘사되어 왔는데, 시인은 그것을 "날개를 달고 새처럼 창공을 날아가는/화려한 지느러미 달고 물속을 탐사하는 꿈"의 돌멩이로 변환시킨다. 요컨대 돌멩이는 더 이상 자기 안으로만 단단한 존재가 아니다. 내부의 단련으로만 충만했던 존재가 창공으로 날아가고 물속을 탐사하는 존재가 된다는 것은 제 삶의 경계를 훌쩍 뛰어넘는 역동적 상태에 그것이 놓여 있음을 의미하는데, 그래서 돌멩이는 날아오를 꿈을 통해 독자들을 마지막 시 '새'의 행위 앞에 데려다 놓는다.
돌멩이는 이제 가장 낮은 곳에서 제 삶의 영역 안쪽으로 웅크리고
있지 않다. 그곳에서 세계는 가장 낮은 돌멩이를 위로하면서 함께
낮은 배경을 이루는 지상이 아니다. 지상은 땅이 아니라 하늘에
있다. 「새」의 전문을 보겠다.

　　헐렁한 산에
　　하늘이 들어 차 있다
　　낙엽 두툼하게 쌓인
　　바로 그 위가
　　하늘이다

　　곧 새싹들이
　　하늘을 밀어올릴 것이다
　　짙푸르게 밀어올릴 것이다
　　밀려 올라간 높이까지가
　　지상이다

　　아니다, 지상은
　　나무 위 둥지에서 날아오른 새가
　　다다른 높이

　　새는
　　날마다
　　지상을 물어올린다

　　　　　　　　　　　　　　　　　　—「새」 전문

박설희의 시가 두 개의 대비적 세계로부터 연이어 변화의 움직임에 놓인다고 썼던 이유들이 시에 모두 들어 있다. 첫째 지상과 하늘이 있다. 이것은 대비되는 세계이다. 돌멩이의 환유일 '낙엽'은 하늘 아래에 있고, 하늘은 '낙엽-돌멩이'의 지상으로부터 분리된 공간이다. 낙엽은 떨어져 지상에 있는 존재이지만 본래 나무의 내부에서 외부로 자라나온 생명이어서 스스로 자라는 새싹의 운명을 예고한다. 이렇다는 것은 거꾸로 낙엽의 기원이 새싹이라는 사실을 강조하는 것이기도 하다. 그래서 '낙엽-새싹'이 한 몸이고 그것들이 돌멩이의 환유라는 사실이 드러난다. 돌멩이가 땅에 뒹굴듯이 낙엽도 그런 존재인데, 지상에 묶인 존재로서의 '돌멩이-낙엽'이 놀라운 변신을 행하는 일은 낙엽의 기원인 새싹이 자신을 나무 속에서 밀어올리고 드디어 하늘까지 밀어올리는 행위로 이어진다. '돌멩이-낙엽'의 장소는 가장 낮은 곳이 아니라 가장 높은 곳, 세계의 모든 운명이 안간힘으로 자신을 밀어올리는 가장 높은 곳이다. '지상'은 "밀려 올라간 높이" 바로 그곳에 있다. 그래서, 둘째, 저 지상과 하늘은 새싹들이 밀어올린 높이로, 요컨대 새싹이 올라가 하늘이 되는 높이이자 새들이 날아오른 높이로 이어진다. 그리고, 새싹은 지상과 하늘을 이어 스스로를 새로 변화시킨다. 대립과 연결과 변화의 운동이 이렇게 전개된다. 가장 낮은 곳과 가장 높은 곳의 통일이 이루어진다고 할 수도 있다.

박설희에게 마지막 시 「새」가 시집 전체의 도착점이기 때문에, 그리고 그 도착점에, 「새」의 내부에서 올라오는 새싹들이 하늘을 밀어올리는 극적인 행위가 있기 때문에, 이 대비적 세계의 양 끝 사이에서 움직이는 모든 존재들은 결국 지상과 하늘의 매개물일 수밖에 없다. 그것이 박설희의 '새'라는 사실을 이제 독자들은 분명히 긍정하게 된다.

시집의 첫 두 작품으로 다시 돌아가보자. 새의 형상과 탄생을 그려놓은 이 작품들이 표현하는 세계의 모든 장소가 「모든 곳에서」의 저 탄생과 비상의 현장들이라면, 그 현장에서 만들어지는 새의 모습은 시집의 결시에서 새싹들이 취한 모습과 거의 유사하다.

> 바람을 입는다
> 두 눈에 해를
> 가슴에 달을 품고
>
> 맨 앞에 내세운 부리
> 끝이 닳아 있거나 금이 가 있거나
> 그것은 집 짓고 사냥하고 깃털 고른 흔적
>
> 그 속에 감추어져 있다
> 찻잎 같은 혀
> 그리고 공룡의 포효보다
> 야무진 침묵
>
> 발을 뒤로 모으고
> 허공을 가로지를 때
>
> 앞세운다,
> 제 존재가 무엇보다 크고 귀중하다 일러주는
> 따뜻한 부등호
>
> ─「부리」 전문

새는 발을 모으고 허공을 가로지른다. 맨 앞에는 세상살이에서 입었을 상처 난 부리가 있고, 세상을 향한 울음과 생존의 혀가 있을 것이다. 그리고 "야무진 침묵"이 있다. 저 침묵의 공간을 채우고 있을 "찻잎 같은 혀"가 나무 몸통에서 하늘을 향해 온몸을 밀어올릴 '새싹'과 같은 존재라는 사실은 독자 누구나 곧 알아챌 수 있는데, 이 찻잎 같은 혀를 침묵 속에 숨긴 채, 언젠가 세계의 중심에서 크게 울릴 울음들의 맨 앞에 나설 저 찻잎 같은 혀의 정상에 하늘이 펼쳐지고 있을 것을 상상하는 독자라면 시의 마지막 두 연의 배치가 세상 모든 존재의 의미와 방식을 알려주는 방점이라는 사실도 상상하게 된다. 발을 뒤로 모으고 허공을 상상하는 것이야말로 온 힘으로 세상 한가운데를 향해 나아가는 행위이다. 그것이 바로 돌멩이처럼 제 안으로 웅크렸다가 그 가장 귀중한 자세가 되어 세상의 무엇보다 큰 표식으로 찍히는 존재의 표현이라는 점을 시는 암시한다.

새의 삶으로 드러나는 이 삶의 깊이와 높이가 항상 기쁨과 성취 같은 것으로만 채워질 수는 없다. '새'의 형상에 대한 사유가 이렇게 깊이 하늘 속에 새겨진 모습과 함께 새의 자세를 위기와 고난의 내용을 빌려 역시 하늘에 대한 전신의 위탁 형식으로 표현하는 시가 있다.

> 네게로 건너가는 길은
> 옆구리길
>
> 낭떠러지에서 낭떠러지로

선반을 매듯이 걸쳐진 길

한 구름이 다른 구름에게 가는 길엔
말도 원숭이도 사절

나비 앞세워 간다
돌아가는 길을 지우며 간다

네게로 가는 길이
낭떠러지여서 간다

까마득한
추락과 비상 사이
곤두선 몸뚱이 하나, 밀며 간다

―「잔도」 전문

여기에는 역시 지상과 하늘의 대립을 하나로 묶어놓은 긴장이 격렬하게 펼쳐진다. "까마득한/추락과 비상 사이/곤두선 몸뚱이 하나"는 최고도로 올라간 삶의 긴장이다. 아마 '돌멩이'와 같은 존재가 자신의 내부에만 웅크리고 있었다면 저 추락과 비상으로 이어지는 생의 긴장 같은 것은 나타나지 않을 것이다. 삶을 다른 곳으로 이끌어가는 사람에게만 그것은 나타나는 법이어서 때로는 죽음마저 끌어안아야 할 정도로 이 운동의 힘은 격렬하다. 낭떠러지에 매달린 길은 그러므로 한 존재의 온 생애가 바로 그 절벽과도 같은 장소를 흘러가는 운명 속에서 이루어지는 것이라는 사실을 알려주는 이미지이다. 매달려 있되 저 길은 하늘 속에 있는 것이기도 하다. 하늘 속이되 옆구리 길이고 온 생애가 매달려 있되 "네게로 가는 길"이다. 가장 이상적인 길이되 일상적인 길이고 비상의 현장이되 네게로 가는 길이기 때문에 「잔도」는 결국 이 길들이 세상의 모든 영역이라는 사실을 격렬하게 고백하는 셈이다.

이렇게 시집의 처음에 존재하는 '새'와 역시 시집의 마지막에 존재하는 '새'의 한가운데에 잔도가 있다. 허공에 떠 있되 지상에 박힌 길, 혹은 낭떠러지에 매달린 길이 그것이다. 그것은 허공을 나는 것이지만 지상에 안착하는 방향의 길이 아닌 길인데, 이 잔도가 지상에 있는 새의 이미지로 이어지리라는 사실을 아는 것은 어렵지 않다. 잔도를 걷는 사람은 곧 하늘을 날아가는 새이기도 하고 갑자기 추락의 비극을 살아야 하는 위험 속의 물체이기도 한 것이다.

대조적일 때 두 세계는 서로를 밀어내는 관계이지만, 비교적일 때 그것은 보완적 관계이다. 시인이 이렇게 세상을 바라봄으로써 두 세계가 대비와 변화 속에서 서로 유사한 형상을 지니고 있다는 사실이 환기된다. 박설희의 이번 시집은 세상의 모든 곳에서 제각각의 삶의 천상을 향해 온 힘을 다해 움직이는 존재들에 대한 헌사이다. 이 헌사가 시인이라는 존재 자체로 나아간다는 사실을 알려주는 시는 「폐사지에서 별 보기」이다. 시인이 세상의 비밀을 탐구하는 사람이라고 썼을 때 '모든'과 '새'의 비유로서 세계의 '모든' 존재가 시인의 언어에 포착되는 과정을 지금까지 우리는 살펴본 셈인데, 이 세계 성찰의 한가운데 새의 비유로서 「잔도」가 있다면, 그 언어들이 들어가고 나오는 통로로서 시인이 있다는 사실을 이 시는 알려준다. 서정시의 가장 보편적이고도 정확한 위상이 여기

에 있다. 시인이 지난 모든 시간과 공간의 종소리이고 그렇게 시
가 온다는 사실을 폐사지에서 눈감는 시인이 알려준다. 어둠이 가
득한 밤의 폐사지에서 땅에 묻혔을지 모를 동종을 상상하던 시인
이 별을 본다.

> 덩그러니 서 있는 삼층석탑, 깨진 기왓장과 주춧돌
> 폐(廢)해서 열려 있는 곳
> 땅속에 동종(銅鐘)이 묻혀 있다면 더욱 좋겠지
>
> 몸속 불 다 끈 채
> 캄캄한 얼굴로 들여다보는 하늘
> 묻혀서 긴 울음 우는 동종 소리를
> 심장으로 들으며
>
> 하늘 저편에서 날아올 것을 기다린다
> 암흑 위를 누비는 시선의 산책
> 다른 이들은 여러 개 봤다는 유성이 내겐 왜 안 보이나 애를
> 태울 때
> 반짝, 뭔가가 스쳐 지나갔다
> 별,이라고 발음하기도 전에
>
> 어둠과 적막 사이에서 온몸이 시었다
> 눈을 감는다
>
> ──「폐사지에서 별 보기」 부분

이것은 온몸에 대한 시이다. 시인은 어둠 속에 있다. 시의 1연
이 그러므로 모든 것을 말해준다. 깨지고 묻혀진 세계, 그곳은 어

떤 초월을 통해 모든 것으로 열려 있는 세계이다. 아마 시인의 온몸이 그럴 것이다. 그곳은 동종 같은 것이 묻혀 있는 대지이다. 2연은 세상 모든 것이 꺼져도 시인의 온 생애를 거쳐 묻혀 있다 울려오는 "울음 우는 동종 소리"로 꽉 차 있다. 시인의 몸이 저 동종소리와 같은 영혼의 울림으로 가득 차 있을 때 세계의 비밀이 울려 퍼지는 것인데, 이 울음이 곧 시일 수밖에 없다는 사실은 이제 모든 독자들이 알고 있을 것이다. 그 세계가 온몸의 세계라고 시인은 지금 쓰고 있는 중이다. 세상을 향해 돌멩이처럼 웅크렸을 때도 있을 것이고 새처럼 비상할 때도 있었을 것이며 잔도처럼 격렬하게 긴장했을 때도 있었을 것이다. 그것이 지금 동종 소리처럼 울려온다면, 그것은 가장 슬픈 울음이기도 하다. 그것은 유성처럼 스쳐갈 순간의 소리이기도 할 것이다. 눈을 감아버려야 할 정도로 아름다운 세계라고 우리는 동의할 수밖에 없다. 그곳에 지금 시인이 있다. 시인의 온몸은 시가 탄생하는 동종의 온몸이다.

별을 보는 순간이 시가 탄생하는 순간이라고 독자들은 상상할 수 있을 것이다. 세계의 비밀을 볼 때 우리는 새가 탄생하여 비상하는 모습을 본다. 그것은 추락과 비상의 경계를 아슬아슬하게 넘나드는 존재를 보는 것이며, 땅속 깊은 종소리와 함께, 그 종소리의 모습으로 별 하나가 가슴에 박히는 순간을 경험하는 것이다. 박설희의 시집은 이 모든 비밀로 시가 탄생하는 순간을 노래한 비유들의 성채이다.

朴秀淵 | 문학평론가

푸른사상 시선 150

가슴을 재다